Titel:

Sex 2

Untertitel:

Sex auf Lesbos

Gewidmet: Mir / Dir

Di Wex

Titel:

Sex 2

Untertitel:

Sex auf Lesbos

Wechs-Fürnrohr Marion
Sex 2
Sex auf Lesbos

Blaichach, 19. Juno 2014

Alle Rechte am Werk liegen beim
Autor:
Marion Wechs-Fürnrohr
Rothenfelsstr. 6
87544 Blaichach

Ein Titeldatensatz für diese
Publikation ist bei der Deutschen
Nationalbibliothek erhältlich

Herstellung und Verlag:
BoD - Books on Demand,
Norderstedt
ISBN 978-3-7357-3898-1

Titel:

<u>Sex 2</u>

Untertitel:

Sex auf Lesbos

Vorspiel: FSK 18

Lieber Leser,

hier eine (fiktive) Geschichte über Liebe und sonstige (Natur)gewalten.

Übersetzer:

a = ein, eine / er / an
abliegn = sich hinlegen, schlafen
abr = aber
alanga = anfassen
anfängsch = anfängst
au = auch
(d) brauchsch = (du) brauchst
d = du / der, die
di = dich
diskutiern = diskutieren
draußn = draußen
ds / s = das
(a/s) Fleischpflanzerl = (eine/die) Frikadelle
(d) gehsch = (du) gehst
(d) gibsch = (du) gibst
glei = gleich
gmacht = gemacht
gsagt = gesagt
(a/s) Guatsle = (ein/das) Bonbon
(a/s) Has = (ein/der) Hase
(d) hasch = (du) hast
Hete = Heterosexuelle(r)
(a/s) Honigtöpfle = (eine/die) Vagina

is / isch = ist
it / net = nicht
jetz = jetzt
liebr = lieber
mi = mich
na = dann
(a/d) Nackerte = (eine/die) Nackte
/ Wollwurst
net / it = nicht
no = noch
nu = nun
odr = oder
s = das, es
(se) san = (sie) sind
scho = schon
schtimmt = stimmt
se = sie
spaziern = spazieren
steckn = stecken
(a/s) Töpfle = (ein/der) Topf
triem = getrieben
troffn = getroffen
umoperiern = umoperieren
(a/s) Wäldle = (ein/der) Wald
(d) warsch = (du) warst
(d) weisch = (du) weißt
(i) werd = (ich) werde

wiedr = wieder
(i) wusst = (ich) wusste
zuzeln = saugen
(d) zuzelst = (du) saugst

Sappho und Leda sitzen auf dem Sofa und kucken „Desperate Housewives".
Sappho: „Die Rothaarige nascht au gern vom Honigtöpfle."
Leda: „Was? Die hat sich umoperiern lassen?"
Sappho: „Ne Schmarrn, nix Bommel ab odr so."
Leda: „Also sie hat n no?"
Sappho: „Ne."
Leda: „Ja was denn nu?"
Sappho: „Ja sie hatte nie einen."
Leda: „Aber du hasch doch grad gsagt…."
Sappho steht auf: „Wenn du scho wiedr s Diskutiern anfängsch, na geh i liebr glei."
Leda: „Jetz wart doch mal…
i werd ja wohl no a Frage stellen dürfen…"
Doch Sappho ist schon draußen zur Wohnungstür.
Sie geht spazieren.
Ins kleine Wäldchen nebenan…
und wieder heim.

In der Tür wird sie bereits empfangen.
Leda: „Wo warsch du?
Sappho: „Draußn. Spaziern."
Leda: „Wo draußen?"
Sappho: „In unsrem Wäldle."
Leda: „Aha. Und was hasch da getrieben?"
Sappho: „Hab i doch grad gsagt. - Spaziern."
Leda: „So lang?"
Sappho: „Ds war doch net lang."
Leda: „Allein?"
Sappho: „Ne, mit meinen Freunden den Elfen, Zwergen und Gnomen."
Leda: „Du gibsch es also zu?"
Sappho: „Hä?"
Leda: „Dass d au andre zuzelst."
Sappho: „Was?"
Leda: „Na andre Fleischpflanzerl."
Sappho sagt nichts. Stille.
- Aber nicht lange.
Leda: „Jetz sag scho was!"
Sappho: „Du nervst mich."
Leda: „Ich nerv dich gar nich'."

Sappho ist noch gar nicht ganz drinnen zur Tür… und schon wieder draußen.
Leda kreischt ihr hinterher: „Wenn du jetzt gehst, dann… dann…"
Doch die Tür ist längst zu.
Leda hätte eh nicht gewusst womit sie drohen soll.
Leda setzt sich aufs Sofa.
Sappho kommt bestimmt eh gleich wieder. Sie hat ja nicht mal den Autoschlüssel mitgenommen.
Im Fernsehen läuft nur Mist.
Leda ruft Sappho an.
- Die geht aber nicht an ihr Handy. Auch nach dem fünfzigsten Mal nicht.
Leda schickt ihr eine SM (Short Message): „Komm bitte wieder her".
Sappho kommt nicht.
Leda schickt viele SM.
Sappho antwortet nicht.
Leda schickt Bettel-SM: „Bitte komm zurück. Ich kann nicht leben ohne dich."
Sappho reagiert nicht.

Leda wird stink wütend und simst:
„Du blöde Schlampe, hau bloß ab. Du bist faul, dreckig und stinkst… obwohl du immer so lang im Bad rum hängst. Und dein Essen ist der letzte Rotz. Beleg endlich mal nen Koch-Kurs. Und am besten gleich noch nen Putz-Kurs dazu, du faule Sau. Ich kann so nicht leben. Am besten bring ich mich um. Dann kannst du in Ruhe an anderen Quarktaschen schlabbern."
- Doch das bringt Sappho auch nicht dazu Heim zu kehren.
Leda blickt zu ihrem Bücher-Stapel. Sie liest mehrere Bücher gleichzeitig. Am liebsten Osho. Schade, dass der schon tot ist. …Naja, der hat's wenigstens hinter sich. Leda nimmt eine Lektüre in die Hand. Sie liest den Titel „Von wegen Liebe!"
- Ja genau. Und legt sie sofort wieder weg. Sie nimmt die nächste Lektüre vom Stapel:

„Tod – Der Höhepunkt des Lebens".
…Na das klingt doch schon viel besser.
…Und gut zu wissen, dass ich doch irgendwann mal wieder einen Höhepunkt haben werde.
Leda schiebt den Tod beiseite (zur Liebe).
Das Handy klingelt.
ENDLICH.
Eine Kurznachricht.
Oh Sappho endlich.
Leda greift nach ihrem Handy.
Mit zitternden Händen öffnet sie den Posteingang.
Sappho oh Sappho.
- Nein, es ist nur Zeno. Was will der denn? …Naja, wahrscheinlich das Übliche.
Zenos Nachricht: „Ich bin geil. …Wollt ich nur mal so gesagt haben."
Leda simst: „Ich bin immer geil. …Wollt ich nur mal so gesagt haben."

Zeno simst: „Ja, aber du hast Sex."
Leda (wenn der wüsste): „Kann man denn jemals genug Sex haben?"
Zeno: „Und? Kommst vorbei?"
Leda: „Nein."
Zeno: „Ich hab neue Ideen."
Leda: „Was für Ideen?"
Zeno: „Komm vorbei, dann zeig ich's dir… und zwar so richtig!"
Leda: „Lass steckn. I geh abliegn."
Leda zu Bett.- Das Bett ist groß und leer. Sowie das Loch in ihrem Herzen. Und das Loch zwischen ihren Beinen. Ein Schwan begattet sie von hinten.
- Skurriler Traum.
Leda steht auf und steigt ins Auto. Barfuß. Und nicht nur das.
Aber niemand sieht sie.
- In dem Kaff sagen sich Fuchs und Has „Gut Nacht".
Sie fährt zu Zeno. Klingelt.
- Scheiße, er ist da… und kuckt ziemlich verdutzt.

Leda sagt: „Fesseln! Augen verbinden! Mach mit mir was du willst."
- Was Zenos Verdutztheit nicht besser macht.
Aber wie würdest du reagieren, wenn plötzlich ein nacktes Mädchen auf deiner Schwelle stünde… mit solchen Worten auf den Lippen?
Zeno zerrt die Nackerte rein und will sie auf den Mund küssen.
Sie: „Nur das nicht. Das weißt du. Solang ist's nicht her."
Zeno grinst: „Du bist genau so wenig schwul wie ich.
Leda: „Ach leck mich doch."
Zeno: „Nicht so schnell… sollen andre ja auch noch was von haben."
Zeno packt sie, fesselt sie und verbindet ihr die Augen.
Schweiß perlt ihre Haut hinab.
Zeno wickelt sie ein…
in Frischhaltefolie.
Dann reißt er vier kleine Löcher.
Leda kann sich kaum noch

rühren. Flüssigkeit läuft in und aus ihrer Yoni. Zeno packt sie und trägt sie über die Schwelle….
die von seinem Haus in die Garage führt. Auto auf und rein in den Kofferraum. Zeno fährt zum Swinger-Club im Industriegebiet. Er trägt Leda hinein und hinab in den Keller.
Zeno nagelt sie ans Kreuz… bzw. am Kreuz. Ein paar Schaulustige stehen drum herum, gaffen und onanieren. Dann lutscht er ihre Brustknospen und ihre Zehen. Nun nagelt er ihren Po. Mit viel Gleitgel versteht sich. Jetzt steckt er ihr einen gekrümmten Finger in die Yoni und rubbelt ihren G-Punkt. Dann sagt Zeno zu den Schaulustigen: „Macht mit ihr was ihr wollt."
Die Wilden reißen Leda die verschwitzte Folie vom Leib.
Zeno: „Hört auf!"
Zeno drängt sich dazwischen.

Mit nassen Tüchern wäscht er Leda sauber. Dann verteilt er Sterillium und Gummis.
Zeno zur Meute: „Weiter machen."
So viele Hände auf meiner Haut.
So viele Lippen…
An jedem Nippel eine Zunge.
…Und an jedem Loch.
Jeder Zentimeter ihres Körpers wird liebkost… wieder und wieder.
Und sie wird genagelt….
wieder und wieder.
Von kleinen Schwänzen und von großen.
Von dicken und von dünnen.
Von einem Finger… und von fünf.
Von weichen Dingen und von harten.
Von Dingen, die vibrieren.
Und von allem Möglichen.
Zeno macht sie los vom Kreuz, wickelt sie in eine Decke und verstaut sie wieder im Kofferraum.
Ab nach Hause. Dort fesselt er sie ans Bett und reibt sie ein mit viel Speiseöl.
Leda: „Oklahoma."

Zeno hört auf: „Was ist los?"
Leda: „I weiß net. Irgendwas passt net."
Zeno: „Was kann ich tun?"
Leda: „Verbind mir die Augen und knebel mi."
Zeno fackelt nicht lange.
Er knebelt sie und setz ihr eine Augenmaske auf.
Nun gibt er ihr einen Schlüssel in die Hand. Zeno fährt fort mit seiner Öl-Massage. Er massiert ihre glänzenden Brüste, ihre glänzenden Schenkel und ihre glänzende Yoni. - Naja, es glänzen vor allem die buschigen Venushaare.
Leda lässt den Schlüssel fallen.
Zeno entknebelt sie.
Leda: „Mach mi los."
Zeno bindet sie los.
Leda nimmt die Maske ab und steht auf: „Wo san meine Klamotten?"
Zeno: „Du hattest keine an."
Leda: „Oh, ja schtimmt."
Sie will zur Tür.

Zeno hält sie fest: „Was ist denn los?"
Leda: „Net alanga!"
Zeno kuckt mal wieder ziemlich verdutzt… und hilflos.
Leda läuft nackt und ölig raus zum Auto. - Rein. Nu aber schnell heim. Sie gibt Gas und rast nach Haus. Steigt aus. Nackt.
Der Herr Nachbar sieht sie.
Sie ihn nicht.
In ihrer ganzen Pracht läuft sie schnell ins Haus. Der Herr Nachbar schüttelt nur den Kopf.
Nach einer Weile nuschelt der alte Knacker vor sich hin: „Die Frauen von heute zh zh zh…. Früher hatten die wenigstens noch Miniröcke an…"
Leda duscht und legt sich ins Bett. Auf einmal eine Hand auf ihrem Po. Leda wacht auf: Sappho! Sappho schaut sie an.
Leda schluchzt: „Sappho, oh Sappho."
Sappho küsst Leda und legt sich auf sie. Leda öffnet willig ihre

prallen Schenkel. Sappho reibt
ihre Yoni an Ladas. Beide Frauen
stöhnen. Beide Körper beben.
Beide Yonis zucken. Zwei Frauen
schwitzen und sabbern.
Sappho küsst Ledas Stirn, ihre
Wangen und ihren Hals. Sappho
knabbert an Ledas Ohr und leckt
die Muschel. Sappho wandert mit
ihren Lippen über Ledas Hals.
Nun zur Schulter und den Arm
entlang. Sappho lutscht Ledas
Finger. Einen nach dem andren.
Dann wandert sie wieder den Arm
entlang zum Schlüsselbein. Sie
küsst und leckt und wandert den
andren Arm entlang. Lutscht die
Finger und wandert den Arm
wieder zurück zum Hals. Dann
hinab zur Brust. Mit ihrer Zungen-
spitze umkreist sie die Knospe.
Immer wieder. Dann die andere
Knospe. Sie kommt der Knospe
immer näher und näher und kann
nicht länger widerstehen: Erst
vorsichtig, doch dann immer
stärker saugt sie die Knospe.

Diese wird immer größer und steifer. Nun wandert Sappho zur andren Knospe. Sappho verwöhnt auch diese bis sie groß und hart wird. Die Brüste und Knospen werden ausgiebig geküsst, gesaugt und geleckt.
Weitere Küsse bekommen die Flanken und die Schenkel.
Sappho küsst Ledas Beine und Füße. Sie lutscht hingebungsvoll Ledas Zehen und leckt die Zehenzwischenräume. Nun wandert Sapphos Zunge zu Ledas Yoni. Doch dann macht sie Halt…. und verharrt an den Schenkelinnenseiten. Nun wandert sie langsam zu den Venuslippen. Umspielt sie, umkreist sie. Doch plötzlich stürzt sie sich auf die Klitoris-Perle. - Lutscht, leckt und knabbert sie leicht…. um dann fest in die Venuslippen nebenan zu beißen. Leda: „Au!"
Sappho lacht und zuzelt an den großen Venuslippen. Nun nimmt

sie die Perle in den Mund und
lutscht sie wie a Guatsle.
Ledas Handy bimmelt.
Sappho: „Wer ruft dich denn an
mitten in der Nacht?"
Sappho schaut auf Ledas Handy.
- Es ist Zeno.
Sappho wundert sich kurz….
und geht ran.
Doch Zeno hat gerade aufgelegt.
Sappho öffnet Ledas
Posteingang.
- Leer.
Leda hinterlässt kein
Beweismaterial.
Sappho: „Du betrügst mich mit
deinem Ex? Bist du wieder ne
Hete odr was? "
Leda: „Nein."
Sappho: „Was nein?"
Leda fällt Sappho um den Hals.
Drückt sich fest an sie. Verteilt
Küsse quer über Sapphos
Gesicht. Streichelt Sapphos
Kitzler: „Nein, i hab nix mit dem, i
schwör. I weiß net was der will.
Baby, i lieb nur di, ds weisch du

doch. Komm Baby, schlaf mit mir. Bitte Baby, i brauch di doch so sehr. Komm bitte vertrau mir doch. Bitte mach's mir. Bitte Baby glaub mir, i will nur di. Bitte du musst mir glauben. Bitte bitte glaub mir doch…"
Sappho: „Okay okay, i glaub dir ja."
Leda: „Ich liebe dich."
Sappho steht auf: "I hol schnell Kippen. I komm glei wieder."
Sie nimmt den Schlüssel und geht hinaus zum Wagen.
Sie öffnet die Tür.
Sappho sieht die Flecken auf dem Sitz und wundert sich kurz.
Sie steigt ein und drückt aufs Gas.
Holt Zigaretten.
Zündet sich eine an.
Fährt heim.
Setzt sich zur fernsehglotzenden Leda auf die Couch.
Sappho: „Was sind das denn für Flecken auf dem Autositz?"
Leda erstarrt.

Sappho wundert sich kurz über Ledas eigenartige Reaktion auf diese harmlose Frage.
…Doch dann:„ Das sind Wix-Flecken?!"
Fortsetzung folgt….

Putz-Plan:

Montag: Sie 1

Dienstag: Sie 2

Mittwoch: Sie 1

Donnerstag: Sie 2

Freitag: Sie 1

Samstag: Sie 2

Sonntag: Sie 1 und 2

Anmerkungen:

Klo-Plan:

01:00 Uhr: Sie 2

02:00 Uhr: Sie 1

03:00 Uhr: Sie 2

04:00 Uhr: Sie 1 usw.

Dazwischen: Sie 1 und 2

Anmerkungen: